Lluvia en el desierto
Rain in the Desert

Selected titles by Majorie Agosín

Poetry
Dear Anne Frank : Poems
Hogueras : Bonfires
Starry Night (winner of Letras de Oro Prize)
El consejo de las hadas / Council of the Fairies
Brujas y algo más / Witches and Other Things

Nonfiction
An Absence of Shadows (Human Rights Series, Vol 6)
Always from Somewhere Else : A Memoir of My Chilean Jewish Father
Ashes of Revolt : Essays (Human Rights Series, Vol 4)
A Cross and a Star : Memoir of a Jewish Girl in Chile
Tapestries of Hope, Threads of Love: The Arpillera Movement in Chile, 1974-1994
The Alphabet in My Hand : A Writing Life

Editor
The House of Memory : Stories by Jewish Women Writers of Latin America
(Helen Rose Scheuer Jewish Women's Series)
Passion, Memory, and Identity : Twentieth-Century Latin American
Jewish Women Writers
Landscapes of a New Land : Short Stories by Latin American
Women Writers

Lluvia en el desierto

~

Rain in the Desert

poems by

Marjorie Agosín

translated by

Celeste Kostopolus-Cooperman

Acknowledgments
We thank Wellesley College for a generous grant that sponsored the translations. Special thanks to Alvaro Cardona-Hine for his close reading of the manuscript, poetic insights, and generous spirit.

Cover painting, *La Inmigrante*, by Liliana Wilson
Cover design by Janice St. Marie
Interior design by Judith Rafaela

FIRST EDITION
ISBN 1-890932-09-4

Library of Congress Cataloging-in-Publication Data

Agosin, Marjorie
Lluvia en el desierto = Rain in the desert : poems / by Marjorie Agosin : translated by Celeste Kostopolus-Cooperman.
p. cm.
ISBN 1-890932-09-4
1. Agosin, Marjorie Translations into English. I. Title.
II. Title: Rain in the desert.
PQ8098. 1. G6A24 1999 99-35296
861--dc21 CIP

Sherman Asher Publishing, PO Box 2853, Santa Fe, NM 87504
Changing the World One Book at a Time™

dedication

To the Chilean mothers who searched for their disappeared children in the Atacama Desert,
to Phillis Hotch who gave me the possibility to imagine another desert,
to Judith Asher who allowed me to believe in sand and color,
to Julia M. Deisler and Alvaro Cardona-Hine for their attention to detail,
and to Paul Roth for his faith.

Contents

Lluvia del desierto / Desert Rain 11
En la noche los murmullos del desierto 12
Génesis / Genesis 13
Gobi / Gobi 17
Esta noche llueve en el desierto / Tonight It Rains in the Desert 18
Sonora / Sonora 19
Vestidos rojos / Red Clothes 20
En la noche, más allá 21
Estepas doradas 22
Ella elige la inmensidad / She chooses immensity 23
Y el sueño me dijo / And the Dream Told Me 24
Tan sólo la noche era lienzo 26
Viento azul / Blue Wind 27
La otra voz / The Other Voice 28
Acompáñame 29
La noche del desierto 30
Flores nocturnas / Nocturnal Flowers 31
Más allá de esa noche 32
Taos / Taos 33
Mesa / Mesa 34
Arbol / Tree 35
Agujas / Needles 36
Los cerros / The Hills 37
Es tan dulce ver el agua 38
El Génesis del Sinaí / The Genesis of the Sinai 39
El Sueño de los libros / Book Dreams 40
Sonia Helena I / *Sonia Helena I* 42
Sonia Helena II / Sonia Helena II 43
No creas en aquella soledad 44
Ella regresó al desierto 45
Amanecidas / Daybreaks 46
Todo el desierto 47
El silencio me vistió 48
Agua / Water 49
Las moradas / Dwellings 50

El tiempo claro del amor / Love's Clear Time 51
Rumbos / Bearings 52
Y el desierto 53
El viento como un abanico 54
Calendarios abiertos / Open Calendars 55
Viajeros / Travelers 56
Una mujer se escribe 57
Porque huía 58
Angeles de arena / Sand Angels 59
Cuarto Propio / A Room of One's Own 60
Hechizos secretos / Secret Charms 61
Pisagua / Pisagua 62
Me llamo María Helena / My Name is María Helena 63
Travesías / Voyages 68
La muerte del desierto Atacama / Death of the Atacama Desert 69
Mujeres Návajo / Navajo Women 70
Migraciones / Migrations 71
Chacabuco / Chacabuco 73
¿Cómo hablarte? ella me dijo, 75
Sin regresos 76
Sahara / Sahara 77
Chacabuco II / Chacabuco II 78
A lo lejos el viento 81
Sinaí / Sinai 82
Madres e hijas / Mothers and Daughters 83
Las viudas de Calama / The Widows of Calama 84
Hopis / Hopis 87
Jerome / Jerome 88
Lluvia / Rain 91
Poema / Poem 93
Los idiomas / Languages 94
Mesa / Mesa 95
Sedona / Sedona 96
El valle de la luna / The Valley of the Moon 97
Moisés / Moses 98

San Pedro de Atacama / San Pedro de
Atacama 99

Los muertos del desierto / The Desert Dead 100

Donde anidan los pájaros / Where Birds Nest 101

Oasis / Oasis 102

Novia / Bride 103

El agua de la noche / Night Rain 104

Flores nocturnas / Nocturnal Flowers 105

Chimayó / Chimayo 106

El Palacio de los Gobernadores, Santa Fe /
The Palace of the Govenors, Santa Fe 108

Truchas, Nuevo México / Truchas, New Mexico 110

Translator's Acknowledgement

A translator's work is always enriched by the artistic vision embedded in the original writer's words. Sometimes, however, this work is even further enhanced by the critical reading of yet other individuals whose separate vision becomes an indispensable link in the hermeneutic process. I would like to thank Paul Roth, poet and editor of *The Bitter Oleander*, for his close reading of the manuscript and his insightful suggestions. I am convinced that *Rain in the Desert* has benefitted from the blending of our intuitively different yet complementary visions.

C.K-C., Wellesley, MA

Lluvia del desierto

Y no era ésta la
lluvia
de las ciudades
con el agua hastiada
de su propia abundancia
era, la lluvia del desierto,
gratuita.

Desert Rain

And this was not
the rain
of cities
with water
tired of its own profusion,
it was the desert rain,
gratuitous.

En la noche los murmullos del desierto

En la noche los murmullos del desierto
escúchalos sin ira,
como el canto de las hadas
locas:
un rezo que privilegia
la fe de las mujeres.

In the night, desert murmurs
listen to them without ire,
like the songs of wild
fairies:
a prayer that graces
the faith of women.

Génesis

I
Por la noche
sobre nuestras cabezas
descienden las estrellas,
hilos sagrados de la noche.

II
Por la noche,
en este desierto
de Biblias invisibles,
de nómadas y conjuros,
las estrellas nos
cubren
como un libro de rezos.

III
La luna es una pluma aguda y clarividente
rodeando toda la oscuridad.
Transcurre la noche.
La noche es
tu cuerpo que se aleja,
navega intermitente por las sábanas de agua.
Una almohada desquiciada
divide nuestros cuerpos
que sueñan el sueño de los otros,
a veces el de todos.

Genesis

I
Over our heads
through the night
the stars descend,
sacred threads of evening.

II
Through the night
in this desert
of invisible Bibles,
of nomads and incantations,
stars
spread over us
like a book of prayers.

III
The moon is a sharp and clairvoyant feather
surrounding all obscurity.
Night passes.
Night is
your body that withdraws and
navigates intermittently through sheets of water.
A ruffled pillow
divides our bodies
dreaming the dreams of others
and sometimes those of all.

IV

De pronto,
mi cuerpo gira y te rodea
como una cascada de lluvias,
como el principio de los anillos amadores.
Rodeo tu cintura,
una frontera peligrosa.
Nuestras piernas se entrelazan
a través de la noche,
y veo que ese cuerpo envejecido
comienza a aclarar
en mi caricia.

V

Los cuerpos deciden que
no hay fronteras
como los hombres y mujeres
cansados de la guerra.
Tu rostro ya no se desfigura.
Recupera la salvaje luz del amor.
Cruzo tu labios y tus piernas,
el destino de tu sexo.

VI

No hay países entre tú y yo.
No hay espacios ajenos.

IV

Suddenly
my body turns and surrounds you
like a cascade of raindrops,
like the origin of loving rings.
I encircle your waist,
a dangerous frontier.
Our legs intertwine
through the night,
and that aging body that I see
becomes clear
in my caress.

V

The bodies decide
there are no frontiers
like men and women
worn out by war.
Your face is no longer disfigured.
It recovers the savage light of love.
I cross your lips and your legs,
the destiny of your sex.

VI

There are no countries between you and me.
There are no foreign spaces.

No escogemos idiomas.
No hay idiomas para
dividirnos.
Tus amigos ya son los míos.
Untamos la boca como
quienes untan el pan o los
trozos de la memoria
que son una sábana grandiosa
y magnífica que nos
protege
del temor a la paz.

VII
Ya nos reconocemos.
No soy esa extraña de otra patria.
Soy todas las mujeres
rodeando al enemigo que ahora es un conocido
y tú amas mi vejez, mis estrías,
mis hijos que son los tuyos
y que no debes matar.

VIII
Esta noche
hemos visitado otras
historias.

We choose no languages.
No language
can divide us.
Your friends are already mine.
We smear our mouths like
those who butter bread or
fragments of memory
that splendid and
magnificent bedsheet that
protects us
from the fear of peace.

VII
Now we recognize each other.
I'm not that stranger from another country.
I'm every woman
surrounding the enemy who is now familiar
and you love my old age, my lines,
my children who are yours
and whom you must not kill.

VIII
Tonight
we have visited other
histories.

Tus sueños ya no
son los de los hombres
mutilados.
Yo no soy la niña del Salvador
sin piernas,
ni la judía con los tatuajes del espanto.
Hemos derribado a la guerra
con un beso victorioso
y en la oscuridad de esta noche
no pensamos claros
sumergidos en el sueño blanco de la paz.

Your dreams are no longer
those of mutilated
men.
I am not the girl from El Salvador
without legs,
nor the Jew with tatoos of terror.
We have demolished war
with a victorious kiss
and in this dark night
we don't think clearly
immersed in this white dream of peace.

Gobi

I
Era hablada la noche del desierto.
A lo lejos el silencio
imaginaba y cantaba.
Hablada era la noche de Gobi,
y el humo de la bruma era
un collar de huellas sobre la arena virgen.

II
A lo lejos alguien rezaba.
Alguien contaba historias.
¿O era la sombra de la muerte
piadosa entre las dunas?

Gobi

I
The desert night was mentioned.
In the distance the silence
imagined and sang.
The Gobi night was spoken of
and the steam from the mist was
a necklace of trails over virgin sand.

II
In the distance someone prayed.
Someone told stories.
Or was it the shadow of pious
death among the dunes?

Esta noche llueve en el desierto

En el corazón de la noche,
la lluvia asciende tras el horizonte en calma.
La lluvia ceremoniosa
sumida en el sopor del viento,
en la brisa ágil.

Llueve esta noche en el desierto.
Las mujeres le rezan al viento,
al agua indomable,
al maíz imaginado.

Tonight It Rains in the Desert

In the heart of the night,
the rain rises beyond the calm horizon.
The rain ceremoniously
submerged in the wind's listlessness,
and the nimble breeze.

Tonight it rains in the desert.
Women pray to the wind,
to invincible water,
to imagined maize.

Sonora

Iracunda era la noche.
No se oía el tiempo del silencio.
Se había quedado allí muy sola la noche.
Se había quedado inclinada y perdida,
enterrada en los arenales
pantanosos.

Iracunda era esa noche
donde la devolvieron desnuda a la
intemperie,
y el calor tibio del desierto
asumió cada una de sus heridas.

Sonora

The night was rage.
The time of silence was not heard.
The night had been very much left alone.
It had been left leaning and lost,
buried in
quicksand.

That night was rage
where they returned her naked
out in the open,
and the tepid warmth of the desert
assumed each one of her wounds.

Vestidos rojos

Quiso ella conocer la noche cuando el silencio conjuraba el alma de ls muertos. Quiso ella conocer las estrellas de la noche. Se fue ella sumisa por las sendas descubiertas y se fue ella vestida de rojizas prendas como el rojizo carmesí del cielo y conoció la noche del desierto en la más próxima desnudez y conoció el ritmo de las lagartijas movedizas y conoció la noche en la soledad más honda, en la oscuridad del sol.

Red Clothes

She wanted to know the night when
the silence conjured the souls of the dead.
She wanted to know the evening stars. She
went humbly down bare paths and she dressed
in clothing red as a crimson sky, and she knew
the desert night in the most proximate nudity
and grew familiar with the rhythms of restless
lizards and became familiar with the deepest
solitude, the darkness of the sun.

En la noche, más allá

En la noche,
más allá de la luz
del desierto,
le pedí
que me nombrara
sobre la arena.

In the night,
beyond the light
of the desert,
I asked that
he name me
on the sand.

Estepas doradas

La noche nos dejó marcar nuestras tibiezas
para empalmar el deseo con el aire,
para afianzarnos en las estepas
doradas
de la arena.

The night let us mark our tenderness
so as to join pleasure to air,
to affix ourselves
on the golden steppes
of sand.

Ella elige la inmensidad

Ella elige la inmensidad de lo que tirita. Ella dice que eligió aquí al desierto para dormir sola a la intemperie más sagrada y olvidarse de los rezos. Ella elige olvidarlos.

A lo lejos alguien la llama. Es un hombre o una mujer que se ha extraviado. Es un hombre o una mujer que ha elegido la profundidad de las pérdidas, que se ha desprendido de todas las cosas y se busca y él o ella le dice: he elegido tus labios como un bosque de arena. Ella repite su nombre y gime, reconoce y desconoce.

La noche es sólo un hechizo, una sola inmensidad blanca a lo lejos. Alguien presagia los bosques de la fe. A lo lejos alguien llama en el desierto donde no hay puertas ni olvidos. A lo lejos alguien llama.

She chooses immensity

She chooses the immensity of what trembles. Says she chose this part of the desert to sleep alone in the sacredness of the open air and forget prayers. She chooses to forget them.

In the distance someone calls her. A drifter. Someone who has chosen the depth of loss and has given away everything while searching for himself or herself. And he or she tells her: I have chosen your lips like a forest of sand. She repeats her own name and moans. She recognizes and dismisses it.

The night is but a spell, only a white immensity in the distance. Someone augurs the forests of faith. From a distance someone calls out in the desert where there are no doors or lost memories. Someone calls from afar.

Y el sueño me dijo

Y el sueño me dijo que fuera ahí
donde el día era un sol enamorado de sí mismo y
las llanuras, los imperios imaginarios.
El sueño también me habló de las noches
como la corteza de la niebla.
En medio de las arenas pululantes,
llegué al desierto.
Me abrí toda.
No había puertas,
tan sólo mi corazón.

Me recosté sobre la noche
que hizo de mi espalda una sábana blanca.
LLegó el día con la profecía del sueño.
Había llegado a esa ciudad del desierto
donde me devolvieron mis palabras,
y me reconocí en el paisaje invisible
con el color lila,
con las piedras negras,
y el viento que canta.

Y fue más allá del mar,
en la república de los
sueños,
en las cercanías redondas
del desierto.

And the Dream Told Me

And the dream told me to go there
where the day was a sun in love with itself and
the plains, imaginary empires.
The dream also spoke to me about nights
like the scales of mist.
I arrived in the desert
among the swarming sands.
I opened myself completely.
There were no doors,
only my heart.

I leaned against the night
that turned my back into a white bedsheet.
Day arrived with its prophecy of dream.
I had come to that desert city
where they returned my words to me,
and I recognized myself in the invisible landscape
along with the color of lilacs,
black rocks,
and the chiming wind.

And it was beyond the sea,
in the republic of
dreams,
in the round proximities of the
desert.

Allí más lejos de todas las distancias
en el espacio del oasis,
donde me construyó un palacio
de piedras negras
y livianos muros.

There, away from all distances
in the oasis' expanse,
where he built me a palace
of black stones
and flimsy walls.

Tan sólo la noche era lienzo

Tan sólo la noche era lienzo que la cubría,
la arena una cama de plumas.
Ella se sintió sagrada y
tibia.
Su cuerpo era un país,
las dunas el regreso a todas las viviendas.

Only the night was a canvas that covered her,
the sand a bed of feathers.
She felt sacred and
warm.
Her body was a country,
the dunes a return to every dwelling.

Viento azul

En la densa y honda noche
de buhos y jaguares
ella me dijo
que sí, que
a veces florecía el desierto.
El desierto nómada
se poblaba de
espinas doradas
y flores delgadas de
viento azul.

Ven, me dijo, al desierto florido,
para hacer de tu boca una corona de flores.

Blue Wind

In the dense and deep night
of owls and jaguars
she told me
that it was true, that
sometimes the desert flowered.
The nomadic desert
became covered with
golden thorns
and slender flowers
of blue wind.

Come, she said, to the flowering desert,
and make your mouth a crown of flowers.

La otra voz

La voz del desierto se escucha mejor en la noche, cuando las estrellas pululan entre la arena que es un mar sin agua.

Tranquilos, nosotros dormimos en el desierto. Nos hemos acostumbrado a los secretos, a las memorias extraviadas de la noche.

Después de la llegada del agua, se puebla el desierto de fe, de voces, de coronas amarillas. Con alegría germinan los líquenes, las actinias rosadas. Delgados son los colores de desierto en la plenitud de la luz. En este tiempo el desierto es como una sublime fiesta. Ha llegado el agua, la gratitud de la sed.

La voz de desierto se oye en la noche, cuando la lluvia, después de los años de bruma y los días perdidos, se confunde con el nacimiento de los ríos.

The Other Voice

The desert's voice is better heard at night, when stars teem in the sand that's a sea without water.

We sleep at peace in the desert. We've grown used to the secrets, to the lost memories of the night.

After the arrival of water, the desert is inhabited by faith, by voices, by yellow crowns. The lichen and pink sea anemones germinate joyfully. The desert colors feel thin in the plenitude of the light. At this time the desert is like a sublime feast. Water has arrived, the gratitude of thirst.

The desert's voice is heard in the night, when the rain, after years of mist and lost days, merges with the birth of rivers.

Acompáñame

Acompáñame
aquí en la intemperie desolada
del desierto.
Ven a mi mesa de
estrellas y arenas blancas,
al cascabel de mi mirada
donde se conjura el ritmo.

Ven, llega a mi puerta que no es puerta.
Te invito a mi casa que es rosada,
que no tiene grietas,
que es escasa de pertenencias.

Come with me
here in the open desolation
of the desert.
Come to my table of
stars and white sands,
to the alarm of my gaze
where rhythm is evoked.

Come, approach my door that is no door.
I invite you to my pink-colored house,
that has no cracks,
and few possessions.

La noche del desierto

La noche del desierto:
un vértigo sobre las arenas.

Desert night:
vertigo over the sands.

Flores nocturnas

Nocturnas, ceremoniosas
crecen, son, gimen como lenguas silenciosas
para florecer como un pubis rosado,
consagradas al destino de las estaciones.
Las flores nocturnas del desierto
se encienden como una ceremonia
más allá de los asombros.

Nocturnal Flowers

Nocturnal, ceremonial
they grow, exist, whimper like silent tongues
in order to flower like a pink pubis,
consecrated to the fate of the seasons.
Nocturnal flowers of the desert
light up like a ceremony
beyond astonishment.

Más allá de esa noche

Más allá de esa noche,
estaban todas las noches del amor
sediento, el deseo sobre tu piel,
amarillo el viento sobre tu rostro.
Todo era campo vasto de arenas movedizas
a tu alrededor.

Las plantas de la noche,
extranjeras ante el alba,
amatorias despidiendo el elixir sagrado
de las cosas quietas.

Más allá de la noche,
la gran noche del desierto
de Sonora,
los enamorados
hacen señales
a las piedras,
a las llamas.
En Sonora la noche es
como una inquieta y
tralúcida pasión.

Beyond that night,
all the nights of love thirsted,
the desire on your flesh,
the yellow wind on your face.
Everything was a vast field of moving sand
surrounding you.

The plants of the night,
strangers before dawn,
amorously exhaled the sacred elixir
of quiet things.

Beyond the night,
the great night of the Sonora
desert,
lovers
make signals
to the rocks,
to the flames.
In Sonora, the night is
like a restless,
translucent passion.

Taos

La luz del desierto:
malva y rosa
ligera e
inmóvil.

La luz del desierto:
cúpulas purpúreas,
amatistas,
ilusionadas ante la morada
de la mirada.

La luz del desierto:
salvaje e
inconclusa.

Taos

Desert light:
mauve and pink
ethereal and
motionless.

Desert light:
purple spires,
amethysts,
delighted with the home
of sight.

Desert light:
savage and
untenable.

Mesa

Extendida sobre la
mesa del desierto:
las palabras,
una permanencia
entre la sagrada luz.

Mesa

Stretched over
the desert mesa:
words,
a permanence
amid the sacred light.

Arbol

Bajo mis pies,
una memoria
del árbol,
la memoria del sorbo
de agua.
Bajo mis labios,
espejismos clarividentes.

Tree

Beneath my feet,
the memory
of a tree,
memory of a sip
of water.
Beneath my lips,
clairvoyances.

Agujas

Desaparecen y aparecen
las agujas del desierto.
Son la ilusión del horizonte
en una alquimia festiva.

Needles

Desert needles
appear and disappear.
An illusion of the horizon
in festive alchemy.

Los cerros

En el resplandor de los cerros
como moradas despobladas,
llegaba la luz vertida en ilusión.
Desvestía los colores según la pasión
de las sombras.
El caminante no sabía
cómo reconocerse.
Todo era
apariencia y desnudez.

The Hills

From the radiance of the hills
like uninhabited dwellings,
light poured down as illusion.
Uncovered colors according to the passion
of the shadows.
The traveler didn't know
how to recognize himself.
Everything was
appearance and nakedness.

Es tan dulce ver el agua

Es tan dulce ver el agua sobre el tiempo sin tiempo.
Es tan grato sentir la gratitud de la humedad sobre
el musgo, la roca, el sonido,
en la espesura del desierto que nos aguarda.

It's so sweet to see water hovering over timeless time.
It's so pleasant to feel the gratitude of moisture
on the moss, the rock, the sound,
in the thickness of the desert that awaits us.

El Génesis del Sinaí

En el desierto
las palabras eran
antes del silencio,
antes del lenguaje.
El aire era como una letra
entre las sílabas.

The Genesis of the Sinai

In the desert
words came
before silence,
before language.
The air was like one letter
among syllables.

El Sueño de los libros

Sonia Helena,
bienestar del aliento;
Sonia Helena,
princesa de transparencia,
amadora de libros y láminas festivas.
Te cuento
que los libros
también sueñan.
A la medianoche, eligen
las rutas de desierto
alumbradas por estrellas traviesas.
Descansan inquietos,
salvajes y bellos
como el caparazón secreto
de los animales del desierto,
y sueñan el sueño de los libros,
el tiempo de las iguanas,
la estación de lo inverosímil.

Sonia Helena,
diminuta mía,
dedal de mis besos,
deja que los libros sueñen
y descansen sobre las
almohadas del lenguaje.

Book Dreams

Sonia Helena,
comfort of my life,
Sonia Helena,
princess of transparency,
lover of books and festive illustrations.
I must tell you
that books
also dream.
At midnight, they select
desert routes
illuminated by mischievous stars.
They repose, restless,
savage and beautiful
like the secret armor
of desert animals,
and dream the dreams of books,
the time of iguanas,
seasons of the unimaginable.

Sonia Helena
my little one,
thimble of my kisses,
let the books dream
and rest on the
pillows of language.

Acaricia sus lomos danzantes,
reposa tu pelo brilloso
en sus cortezas de agua,
de desierto
fresco.

Caress their dancing backs,
rest your shining hair
on the fresh
desert skins
of water.

Sonia Helena I

Sonia Helena,
desierto florido
y menudo,
agua dulce
y clara,
tú eres el silencio del oasis.
La arena es como
dos peces danzarines,
reflejados en
el sol de tus manos.

Sonia Helena I

Sonia Helena,
small and
flowering desert,
sweet clear
water,
you are the silence of the oasis.
The sand is like
two dancing fish,
reflected in
the sunshine of your hands.

Sonia Helena II

Sonia Helena
la risa es como el aletear
de golondrinas,
como un salto de delfín enamorado.
La risa sirve para alisar las tristezas
inciertas,
para imaginar
los presagios color violeta.

Sonia Helena
hija mía,
amada mía,
amiga de las más diminutas historias,
no sé qué obsequiarte,
más de lo que soy
y lo que no puedo ser,
pero aquí te entrego
mi corazón como un desierto en calma.

Te obsequio mi voz.

Sonia Helena II

Sonia Helena
laughter is like the fluttering
of swallows,
the leap of a dolphin in love.
Laughter serves to smooth
uncertain sorrows,
to imagine
violet-colored omens.

Sonia Helena
my daughter,
my love,
friend of tiny fairy tales,
I don't know what to leave to you,
more than what I am
and what I cannot be,
yet here I give you
my heart like a desert at peace.

I leave you my voice.

No creas en aquella soledad

I

No creas en aquella
soledad de los desiertos.
Bastaría contemplar
el movimiento ondulante
de las dunas,
los insectos
azulados,
la vida que aguarda
devoradora por
la ferviente ceremonia del agua.

II

Todo en el desierto es
una lámina
con los detalles
invisibles
del que mira
como un
sabio,
la vida
diminuta.

I

Don't believe in that
solitude of deserts.
It is enough to contemplate
the undulating movement
of the dunes,
the bluish
insects,
the life that
ravenously awaits
the water's fervent ceremony.

II

Everything in the desert is
a thin sheet
of invisible
details
to one who gazes
like a
sage
at life's
smallness.

Ella regresó al desierto

Ella regresó al desierto
como si se tratara del amor
o de la tierra húmeda y
malva entre sus grietas.

She returned to the desert
as if it were for love
or for the damp and purple earth
in the cracks.

Amanecidas

Por las noches frotábamos nuestro
cuerpo en la inmensidad del sonido santo.
Tú silbabas y yo confundía tu ritmo
con las brisas que eran
un abanico de arenas.

Buscamos amarnos en el ritmo del amor.
Más allá de la noche vimos el fulgor rojo del amanecer.

Tú y yo vivimos en el desierto efímero y presente
con sus ritmos,
sus lentitudes.
En la oscuridad husmeamos la luz de la memoria
haciendo de la arena un altar de flores.

Daybreaks

In the evenings we rubbed our
body against the immensity of holy sound.
You whistled and I confused your rhythm
with breezes that were
a fan of sands.

We sought to love one another in love's rhythm.
Beyond the night we saw the brilliant red glow
of dawn.

You and I lived in the ephemeral and present desert
with its rhythms,
its sluggish pace.
We sniffed the light of memories
making an altar of flowers from sand.

Todo el desierto

Todo el desierto
como una ceniza ligera.
Todo el desierto
como una lámina de oro
entre las sombras.

The whole desert
like a thin layer of ash.
The whole desert
like a sheet of gold
between the shadows.

El silencio me vistió

El silencio me vistió y me desvistió de las palabras.
Disfrazó el alfabeto,
las letras se hicieron
un collar de arena.

The silence dressed and undressed me of words.
It disguised the alphabet,
the letters became
a necklace of sand.

Agua

Me enamoro de ella
y hago de su mirada
un abismo del cielo que es la tierra,
un pozo de aguas,
un campo de violetas.

Water

I fall in love with her
and create from her gaze
an abyss of sky that is earth,
a deep well of water,
a meadow of violets.

Las moradas

Inmóvil,
me habló de las moradas
antes de las guerras:
de un incendio de flores,
de amapolas recostadas
sobre la densa benevolencia del sol.

Dwellings

Motionless,
she spoke to me of dwellings
before the wars came:
about a fire of flowers,
about poppies leaning back
against the dense benevolence of the sun.

El tiempo claro del amor

I
Como en el tiempo
claro del amor,
regresé al desierto.
La noche era un blanco rebozo
de hebras azules,
titilantes;
mi voz era la voz
del horizonte.
Todo era claro, clarividente.
Nada oscuro había
en el fondo de las cosas.

II
Regresé sola y descalza,
vestida entre las arenas.
Tanta luz había en mis espaldas.
Negué la oscuridad cóncava de las ciudades,
la avaricia.

III
El silencio era
la gran ternura
que nunca tuve
y el viento,
las palabras de Dios.

Love's Clear Time

I
In love's clear
time,
I returned to the desert.
The night was a white shawl
of shimmering
blue threads;
my voice was the voice
of the horizon.
Everything was clear, clairvoyant.
Nothing was obscure
in the depth of things.

II
I returned barefoot and alone,
dressed up among the sands.
There was so much light on my back.
I denied the concave darkness of cities,
the greed.

III
Silence was
the great tenderness
I never had,
and the wind,
the words of God.

Rumbos

Sin rumbo y alejada como en la más precaria intemperie, ella caminaba enmudecida, como viajera empecinada. Sabía que no había rutas ni regresos, tan sólo el tiempo del caminante en un tiempo de arenas. El camino era a la vez muy llano e irreconocible, pero siempre ella reconocía las llamadas del desierto.

Bearings

Without bearings and distant, as in the most precarious intemperate weather, she walked muted, like a persistent traveler. She knew that there were no routes or returns, only the time of the wanderer in a time of sands. The road was both flat and unrecognizable, but she always heeded the call of the desert.

Y el desierto

Y el desierto
no hacía más que
alumbrar a los viajeros
como un mar sin fondo,
un horizonte embriagado.

The desert
did nothing more than
illuminate the travelers
like a bottomless sea,
a drunken horizon.

El viento como un abanico

El viento como
un abanico
entre las soledades,
una caricia,
la pluma de la felicidad.

The wind,
a fan
among the solitudes,
a caress,
a feather of happiness.

Calendarios abiertos

No hay precisos calendarios
en el desierto,
me dijo.
El tiempo es lento,
sin ingratitudes,
indefinido,
como los conjuros.

En el desierto, me dijo,
más vale dejarse llevar
por los caprichos de la luz,
por la insinuante danza de la arena humedecida.

Conviene estar atentos
a las ondulaciones del aire,
al cambio del rastro sobre las arenas
ondulantes.

Todo cambia en el desierto:
La luz, el viento descalzo,
las iguanas centelleantes,
las hienas azules,
los visitantes imaginarios.

Todo eso me dijo
mientras su voz ocupaba el horizonte
y yo aprendía a oírla.

Open Calendars

He told me
there are no precise calendars
in the desert.
Time is slow,
without ungratefulness,
indefinite,
like incantations.

In the desert, he told me,
it was better to let oneself be carried
by the whims of light,
by the insinuating dance of moist sand.

It is best to be alert
to the undulations of air,
to the fluctuating tracks on the undulating
sands.

Everything changes in the desert:
The light, the barefoot wind,
the sparkling iguanas,
the blue hyenas,
the imaginary visitors.

He told me all this
in a voice that occupied the horizon
and I learned to hear it.

Viajeros

En el desierto
viajan saturados de luz.
Se detienen,
y comienzan a mirar el horizonte,
el eco de los desquiciados.
De pronto,
el suelo se cubre de cenizas blancas.
Todo florece en este desierto de sombras.

El desierto cobija a
los extranjeros.

Travelers

They travel the desert
saturated with light.
They stop,
and begin to look at the horizon,
the echo of the deprived.
Suddenly,
the ground is covered with white ash.
Everything flowers in this desert of shadows.

The desert shelters
foreigners.

Una mujer se escribe

Una mujer se escribe
rojiza
en la profundidad
de la arena.
Desnuda es soleada.
Camina entre las palabras.

A woman inscribes herself
red
in the depths
of the sand.
Naked, tanned,
she walks among words.

Porque huía

Porque huía y era viajera,
eligió el rumbo de los presagios.
Descalza caminó entre las cenizas
y llegó al desierto,
donde la esperaban las grutas,
donde soñaba con la felicidad.

Because she was fleeing and a traveler,
she chose the path of omens.
Barefoot, she walked among the ashes
and arrived at the desert,
where grottos awaited her,
where she dreamt of happiness.

Angeles de arena

Amé a los desiertos,
sus ángeles de arena
murmullos en la voracidad del viento.
Quise aquellos lienzos de tiempo sin tiempo,
entre mis pies de peregrina.

Sand Angels

I loved deserts,
their sand angels
whispers in the voraciousness of the wind.
I wanted those canvases of timeless time,
between my peregrine feet.

Cuarto Propio

¿Quién dijo que sólo
basta un cuarto propio?
¿Por qué no los jardines hechizados,
los palacios de la memoria,
las casas del lenguaje?
Es muy diminuto un cuarto
propio.

¿Quién dijo que tan sólo un cuarto propio?
¿Por qué no todo el gozo infinito
del desierto y sus voces,
con las palabras majestuosas de las mujeres?

A Room of One's Own

Who said that a room
of one's own is enough?
Why not enchanted gardens,
palaces of memory,
houses of language?
One's own room is
too small.

Who said only a room of one's own?
Why not all the infinite pleasure
of the desert and its voices,
with the majestic words of women?

Hechizos secretos

La arena como el horizonte del agua,
ondulada e inquieta.
En ella escribo y vuelvo a escribir
una historia,
pequeñas huellas,
parpadeos salvajes
del decir y del no decir.
Me inclino sobre ella
para inventar la palabra
que es un hechizo
invisible y secreto.

Secret Charms

Sand like the water's horizon,
rolling and restless.
I write in it and rewrite
a story,
small traces,
wild flickerings
of saying and not saying.
I bend over it
to invent the word
that's an invisible
secret charm.

Pisagua

Aquel mudo y hablado desierto
guardó sus cuerpos:
cabezas decapitadas,
manos arqueadas por una soga gris.
El desierto preservó sus vidas.
Por muchos años fue como la nieve eterna,
cuidadosa de lo que se oculta
bajo la tierra.
En la hipnótica aridez,
los muertos aún vivían
para contarte la historia.

Pisagua

That mute yet mentioned desert
protected their bodies:
decapitated heads,
hands encircled by a gray rope.
The desert preserved their lives.
For many years it was like an eternal snow,
caring for what hides
beneath the earth.
In the hypnotic dryness,
the dead lingered
to tell you the story.

Me llamo María Helena

I

Me llamo María Helena
Soy de Santa Helena.
Estoy muerta.
Estoy sola, aquí en el desierto
con la cruz,
las flores de papel
y el viento es un cristal desamparado
en mis pechos.

Me quebrantaron el corazón.
Me llevaron anoche.
Me vendaron anoche.
Apagaron el fulgor de mi sed.
Me cortaron los dedos.
Me quebraron el corazón.

II

Soy de la salitrera.
Me rebanaron las manos,
me untaron de sal,
de este salvaje desamor.
Me vendaron y
me llevaron desierto adentro
con las muñecas amarradas,
con los labios cortados.
Me quebraron el corazón.

My Name is María Helena

I

My name is María Helena
I am from Santa Helena.
I am dead.
I am alone, here in the desert
with a cross,
paper flowers,
and the wind is a forsaken crystal
on my breasts.

They crushed my heart.
They took me last night.
Last night they blindfolded me.
They extinguished the radiance of my thirst.
They cut off my fingers.
They broke my heart.

II

I am from the nitrate fields.
They sliced my hands and
smeared me with the salt
of a savage lovelessness.
They blindfolded me and
took me deep into the desert
with my wrists tied,
lips cut.
They broke my heart.

Me llevaron anoche.
Me vendaron anoche.
Apagaron el fulgor de mi sed.
Me cortaron los dedos.
Me quebraron el corazón.

III
Corre María, corre María
me decían a mí que había sido la mucama,
la madre y la amante de esos soldados;
la que les había traído el pan.
Me dispararon por la
espalda.
Me amarraton las
manos, me
quebraron
el corazón.

Me llevaron anoche.
Me vendaron anoche.
Apagaron el fulgor de mi sed.
Me cortaron los dedos.
Me quebraron el corazón.

IV
El desierto
preservó

They took me last night.
Last night they blindfolded me.
They extinguished the radiance of my thirst.
They cut off my fingers.
They broke my heart.

III
Run María, run María
they told me who had been the maid,
the mother and the lover of those soldiers;
the one who had brought them bread.
They shot me in
the back.
They tied
my hands and
broke
my heart

They took me last night.
Last night they blindfolded me.
They extinguished the radiance of my thirst.
They cut off my fingers.
They broke my heart.

IV
The desert
preserved

mi cuerpo.
Todos me ven muerta,
pero soy de todos los muertos vivos
que hablan, que cantan
y que por las noches
dibujan su nombre,
todos los nombres en esta desnuda
y movediza arena.

Me llevaron anoche.
Me vendaron anoche.
Apagaron el fulgor de mi sed.
Me cortaron los dedos.
Me quebraron el corazón.

V
Soy la María Helena
de santa Helena.
Soy la María muerta,
la que baila la cueca
y pone flores de papel en tu corazón.
Me mataron muchas veces
y el viento salino preservó mi forma,
decapitó mi ausencia,
alargó mi pecho y mi vientre.
Soy la muerta más viva que verán jamás.
Alguien me nombró la reina del desierto.

my body.
Everyone sees me dead,
but I am one of those living dead
who speak, sing
and sketch their names
in the evening,
every name in this naked
and moving sand.

They took me last night.
Last night they blindfolded me.
They extinguished the radiance of my thirst.
They cut off my fingers.
They broke my heart.

V
I am María Helena
from Santa Helena.
I am the dead María,
who dances the *cueca*
and places paper flowers on your heart.
They killed me many times
and the salt wind preserved my form,
decapitated my absence
and stretched my chest and womb.
I am the most alive dead woman you'll ever see.
Someone named me the desert queen.

Me llevaron anoche.
Me vendaron anoche.
Apagaron el fulgor de mi sed.
Me cortaron los dedos.
Me quebraron el corazón.

VI
Me ampara la luz.
LLega la muerte
a conversar conmigo.
Mi herencia es este horizonte,
Pisagua, Chacabuco,
los campos de alambre,
los árboles huecos,
el norte, la cintura de la patria.

Me llevaron anoche.
Me vendaron anoche.
Apagaron el fulgor de mi sed.
Me cortaron los dedos.
Me quebraron el corazón.

They took me last night.
Last night they blindfolded me.
They extinguished the radiance of my thirst.
They cut off my fingers.
They broke my heart.

VI
The light shelters me.
Death comes
to talk with me.
My inheritance is this horizon,
Pisagua, Chacabuco,
the barbed-wire camps,
the hollow trees,
the north, the country's waistland.

They took me last night.
Last night they blindfolded me.
They extinguished the radiance of my thirst.
They cut off my fingers.
They broke my heart.

VII
Soy María Helena
de Santa Helena,
de la campaña salitrera.
Estoy viva.
Golpea a mi puerta.
Ven a escuchar mi corazón.
Desátame la lengua.

Me llevaron anoche.
Me vendaron anoche.
Apagaron el fulgor de mi sed.
Me cortaron los dedos.
Me quebraron el corazón.

VIII
Soy María H.
Busca mi voz en
las minas,
en la arena de escombros,
en los árboles que no pudieron ser,
y en las niñas que no pudieron ser
María.

VII
I am María Helena
from Santa Helena,
from the nitrate region.
I am alive.
Knock at my door.
Come listen to my heart.
Untie my tongue.

They took me last night.
Last night they blindfolded me.
They extinguished the radiance of my thirst.
They cut off my fingers.
They broke my heart.

VIII
I am María H.
Search for my voice in
the mines,
in the sand of rubble,
in the trees that couldn't be,
and in the girls who couldn't be
María.

Travesías

Más que una travesía,
el desierto fue mi
aprendizaje,
el secreto de una diminuta inmensidad,
la vida en la aridez más huraña,
un verde diminuto en
la superficie.
Un pájaro, como el ángel de
la vida.

Eso era entonces el desierto,
la vida escasa y
plena,
con un cielo abierto, con la
claridad de Dios.

Caminaban las mujeres nómadas,
afiebradas de sed,
enamoradas de sol.

Voyages

More than a voyage,
the desert was my
apprenticeship,
the secret of a small-scale world,
life at its most hostile aridity,
a little green on
the surface.
A bird, like the angel of
life.

That was the desert then,
a full and meager
life,
with an open sky, with
God's clarity.

The nomad women walked,
feverish from thirst,
in love with the sun.

La muerte del desierto Atacama

No era piadosa la muerte
del desierto
llegaba inoportuna, estridente,
acechaba a los más débiles,
a los incautos
tendida en una cama de flores
a la orilla de los caminos sinuosos
que era un sólo e interminable paraje
mentiroso
en el más hipnótico de los horizontes.

Death of the Atacama Desert

Unmerciful was the desert's
death
arriving untimely, strident,
waylaying the weakest,
the unwary,
stretched out in a bed of flowers
at the edge of winding roads
at an endless and
deceptive place
in the most mesmerizing of horizons.

Mujeres Návajo

Llovía como una cúpula
arqueada sobre el pastizal abierto.
la lluvia del desierto
era una trenza florida en tu pelo.
Eras lejana como los páramos
de lluvia.

La lluvia caía como collar y cadencia.
La lluvia caía sobre tu pelo,
sobre tus hombros nutridos de agua.

Eras feliz en ese día de lluvia
a sabiendas que nadie más estaba
en aquel mundo.
Tan sólo el atardecer, el abismo,
una noche de lluvia en
tus manos.

Navajo Women

It rained like a cupola
arched over the open pasture.
The desert rain
was a flowering braid in your hair.
You were distant like the high, barren
plateaus of rain.

The rain fell like a chiming necklace.
The rain fell over your hair,
over your shoulders nourished by water.

You were happy on that rainy day,
knowing that no one else existed
in that world.
Only the late afternoon, the abyss,
a night of rain in
your hands.

Migraciones

I
Su pelo vencido
llevaba el tedio de las ciudades
insomniadas.

II
Se fue al desierto
donde los pétalos
conjuraban la soledad del viento.

III
Se fue al desierto
llevándose las ciudades
que ahora eran
tiempos errados.

IV
En ese abismo
sin miedo
se recordó a sí misma.
Se supo tan hermosa entre las soledades.

Migrations

I
Her defeated hair
carried the ennui of
sleepless cities.

II
She went to the desert
where petals
summoned the wind's solitude.

III
She went to the desert
taking away cities
that now were
mistaken times.

IV
In that fearless
abyss
she remembered herself.
She knew herself to be quite beautiful
among the solitudes.

V
Su cuerpo era
un desierto
donde se posaban
las aves silenciosas,
las plumas mensajeras.

VI
Nadie la reconocía
en las ciudades del desierto.
Nadie la había visto jamás
atravesar el desfiladero
de arena.

VII
En aquella ilusión
de grutas
no era de ninguna parte
y de todas.

VIII
Peregrina como las otras
o las otras eran como ella.

IX
Existió en los oasis del viento,
en la brisa desnuda.

V
Her body was
a desert
where silent birds,
plumed messengers,
perched.

VI
No one recognized her
in the desert cities.
No one had ever seen her
cross the narrow precipice
of sand.

VII
In that illusion
of grottos
she wasn't from anywhere
and from everywhere.

VIII
A pilgrim like the others
or the others were like her.

IX
She existed in the wind's oasis,
in the naked breeze.

Chacabuco

I
Los muertos estaban más
vivos que los vivos.
Eran las señales en el afiebrado
territorio del horizonte vacío.

II
Ahí estaban con sus casas pobladas
de flores rojizas y papel estrellado,
flores de lata azul
y cruces de madera doblada
silbando según los caprichos
de dioses errados.

III
Ahí estaban los muertos
como acechando a los vivos
a la orilla de todos los caminos.

IV
Sus cuerpos
parecían
voces alumbrando el vacío.

Chacabuco

I
The dead were more
alive than the living.
They were signals in the feverish
territory of the empty horizon.

II
They were there with their houses inhabited
by reddish flowers and star-shaped paper,
blue tin flowers
and crosses of bent wood
whistling according to the whims
of mistaken gods.

III
The dead were there
as if watching the living
at the edge of all the roads.

IV
Their bodies
resembled
voices illuminating the emptiness.

V

En el desierto esas casas de los muertos
llamaban.

VI

Todo era sonido de luz,
territorio de aire,
imagen
y el ruido de la muerte;
una queja de amor.

V

In the desert those houses of the dead
called out.

VI

Everything was the sound of light,
air's territory,
image
and the noise of the dead;
love's lament.

¿Cómo hablarte? ella me dijo,

¿Cómo hablarte? ella me dijo, si enmudecí en las trincheras.
¿Cómo hablarte de los ojos
desparramados por los campos de piedra?
¿Cómo hablarte de mi muñeca
vestida de tul y sangre?
¿Cómo hablarte
aquí tan sola
con mi espejo?

How do I speak to you? she said to me,
when I became speechless in the trenches.
How do I speak to you about eyes
scattered over fields of stone?
How do I speak to you about my wrist
wrapped in gauze and blood?
How do I speak to you
here alone
with my mirror?

Sin regresos

Sin regresos,
sin historias ni origen,
ella es extraña, ajena.
Las fotografías de sus padres,
no son las de sus padres.
Tal vez, son los padres de otros extraños.
Ella se ha quedado sola
en el espacio de las paredes
blancas,
en un silencio rajado.
Camina hacia el desierto
erguida, distante,
hacia los espejismos de las ciudades
nuevas.

Without backtracking,
without histories or origin,
she is a stranger, absent.
The photographs of her parents,
are not those of her parents.
Perhaps, they're the parents of other strangers.
She has remained alone
between the white
walls,
in a cracked silence.
She walks toward the desert
erect, distant,
toward the mirages of new
cities.

Sahara

En el desierto
los muertos tenían su paisaje de
cenizas desnudas, apaciguando sus labios
heridos.
El viento hacía de las tumbas un desafío
que murmuraba.

Sahara

In the desert
the landscape of naked ash soothed
the wounded lips of the dead.
From tombs the wind raised
a murmuring challenge.

Chacabuco II

I
Fui muy al alba, amado,
al campamento
para preguntar por ti.
El viento me trastornaba la
mirada.
El viento levantaba mis faldas manchadas.

II
Los árboles diminutos
también habían cesado de crecer
enanos, somnolientos.
Las lagartijas,
se asomaban con sus colas delirantes
y malévolas me acechaban.
Les temía mientras
palpaban mi mirada,
trepaban por mis faldas.

III
Los soldados se rieron de mi amor por ti.
Pidieron que me quitara la falda.
Me arañaron la blusa.
Mis pechos estaban secos como cenizas.
Yo les dije que había venido a preguntar
por ti con mis palabras,
con mis talones llagados.

Chacabuco II

I
My beloved, I went to the camp
very early at dawn
to ask for you.
The wind disturbed
my gaze.
The wind lifted my stained petticoats.

II
The tiny trees
had also ceased growing
dwarf-like, drowsy.
The lizards
appeared with their delirious tails
spying on me malevolently.
I feared them as
they checked my gaze,
and climbed up my skirt.

III
The soldiers laughed at my love for you.
They asked me to take off my skirt.
They clawed at my blouse.
My breasts were dried up like ashes.
I told them that I had come to ask
for you with my words,
and my bleeding heels.

Sólo les pedía que me dejaran verte, que
a lo mejor, se habían equivocado y que no
estabas en esa tumba blanca llamada desierto.
Nadie me oyó.
Se burlaron de mí.

IV
Yo les dije que
te amaba, que
no me había equivocado de
lugar, un lugar como
el infierno
que llegué aquí
con tu voz.

V
La arqueda hechicera
me dijo era aquí, en Chacabuco
donde moraba la cólera,
donde el desierto no era ni tibio ni
olvidadizo.
Era una gran tumba blanca.
Me dijeron que sí,
que estabas perdido
entre las colinas del humo.

I only asked that they let me see you, that
perhaps they were mistaken and
you were not in that white tomb called desert.
No one heard me.
They mocked me.

IV
I told them that
I loved you, that
I had not mistaken
this inferno-like
place,
that your voice had
guided me here.

V
The hunchback sorceress
told me that it was here, in Chacabuco
where rage dwelled,
where the desert was neither tepid nor
forgetful.
It was an immense white grave.
They told me it was true,
that you were lost
amid the hills of smoke.

VI

Soy muy pobre, les dije.
Es humilde el sabor de mi boca.
Están muertos mis pechos,
les dije.
Se seguían burlando de mí,
pero yo te amaba.
Yo seguía preguntando
en esa gran tumba blanca
sin ecos,
sin nombres
con la esperanza de que
llegarían las lagartijas
y crecerían los árboles
y me cubrirías con tus manos
y me hablarías de las cosas del amor
para espantar a la muerte blanca
del desierto y sus tumbas sin nombre.

VI

I am very poor, I said.
The taste in my mouth is humble.
My breasts are dead,
I told them.
They continued to mock me,
but I still loved you.
I kept on asking
in that great white tomb
without echos,
without names,
with the hope that
the lizards would arrive
and the trees would grow
and you would cover me with your hands
and would talk to me about love,
to frighten away the white death
of the desert with its unmarked graves.

A lo lejos el viento

I
A lo lejos el viento;
a lo lejos el silencio.
Ella se inclina sobre las arenas.
A lo lejos alguien ilumina las
ciudades lejanas.
Los hombres habitan en su silencio
de extraños.

I
In the distance, wind;
in the distance, silence.
She leans over the sand.
In the distance someone illuminates
far-off cities.
Men reside in their silence
of strangers.

II
Ella piensa en los que huyeron,
en los que desamparados tocaron las puertas
de las ciudades
que nadie abría.
Ella piensa en los mendigos
y por eso se sabe segura aquí
en la inmensa vastedad
de todos los desiertos.

II
She thinks of those who fled,
of the abandoned ones who called
at the city doors
that no one opened.
She thinks of the beggars
and this is why she feels
secure here in the immense vastness
of all the deserts.

Sinaí

Eligió ella esa calma del horizonte
la calma de las horas sin horas,
para escuchar el silbido,
para hincarse sobre la invisible fauna purpúrea
que había dejado la lluvia.
Eligió ella el horizonte
para no sucumbir al canto perverso y dulce
de las sirenas.
Quería ella llegar a Itaca
pero sin perecer en el naufragio
ni desear que los otros perecieran.

Para la travesía eligió la paz
de los días y las noches,
la extremada presencia del calor yel frío acariciador.
Viajó por el desierto como lo hicieron los
judíos en busca de la luz ylas ciudades del encanto.
Cedió trazar señales, pequeños alfabetos
sobre la reposada y rosada arena.

Sinai

She chose that calmness of the horizon
the calm of hours without hours,
to listen to the hissing sound,
to kneel on the invisible purple fauna
that had been left by the rain.
She chose the horizon
so as not to succumb to the sweet,
perverse song of the sirens.
She wanted to arrive in Ithaca
but without perishing in shipwrecks
or wishing that the others die.

For the voyage she chose the peace
of days and nights,
the extreme presence of heat and caressing cold.
She travelled through the desert like the
Jews in search of light and enchanted cities.
She gave up tracing signs and small letters
on the settled rose-colored sand.

Madres e hijas

La cubrí con el atardecer
y le dije cómo una madre a su hija.
No temas a este mar de arena,
a estas piedras encorvadas en la nada.
No temas ni al vacío ni al horizonte.
Todo aquí habla
y tiene nuestra memoria.

Mothers and Daughters

I covered her with nightfall,
and spoke to her as a mother to her child.
Don't fear this ocean of sand,
these curved rocks resting on nothingness.
Don't fear the emptiness or the horizon.
Everything here speaks
and contains our memory.

Las viudas de Calama

Quiero hablarte de ellas.
Las sueño en las orillas
más allá del desfiladero.
Son mujeres ahuecadas,
loceras agrietadas
en un mar sin agua.
Las veo desplazarse solas
como en rumores.

Quiero hablarte de ellas.
Escúchame sin premura.
Son las viudas del desierto.
Son hermanas.
Están como inclinadas, como huidizas
con unas plumas azules, respirando en paz
mientras buscan.
No hay para ellas ni sombras ni olvidos.

Vagan de día, de noche.
Se inclinan cuando el desierto es granate,
cuando el sol alarga y desvirtúa las formas,
pero ahí están
otra vez, buscándolos.
Yo no sé si están muertas o vivas.
Sólo sé que peinan la arena
como si se tratara de los
encajes del amor.

The Widows of Calama

I want to talk to you about them.
I dream about them on the shoreline,
beyond the narrow pass.
They are hollow women,
cracked pieces of clay
in a waterless sea.
I see them move alone
as in whispers.

I want to talk to you about them.
Listen to me without haste.
They are widows of the desert.
Sisters.
They are bent over, as if fleeing
with blue feathers and breathing
peacefully while they search.
There is for them no oblivion or shadows.

They wander day and night,
and bend over when the desert turns to granite,
when the sun stretches and distorts shapes,
but there they are
again, searching for them.
I don't know if they are dead or alive.
I only know they comb the sand
as if it were
lover's lace.

Todo esto yo quiero contarte
para poder decirte a ti lo que veo
esta mañana en el desierto.
Lo que veo en la penumbra cuando
los cerros aúllan y los lagartos
adquieren la fosforescencia
de la magia,
del sueño y la vigilia.
Ahí están ellas
te cuento; ahí están,
junto a las cruces oscuras,
junto a los zapatos vacíos que
los llenan de piedras y de flores.

Alguien, de repente,
dice haber encontrado una mano
y todas se acercan sobre
esa arena honda y silenciosa
como desesperadas
para poder apoderarse
de las cosas de la muerte.

Siguen buscando interminables
sin fatiga.
La mano es una pluma.
Igual la aman.

I want to tell you all this
so I can tell you what I see
in the desert this morning.
What I see in the shadows when
the hills howl and lizards
acquire the phosphorescence
of magic,
dream and vigilance.
There they are
I tell you; there they are,
next to the dark crosses,
next to the empty shoes that
they fill with rocks and flowers.

Someone, suddenly,
says she has found a hand
and they all gather over that
deep and silent sand
like mad women
trying to overcome
the things of death.

They continue searching endlessly
without fatigue.
The hand is a feather.
They love it equally.

La visten de rojo.
Siguen buscando con
sus manos de plumas,
con esa mano de pluma
que está viva con ojos.

El desierto había preservado ese cuerpo.
Eran muchos los muertos que
habían descansado en estos parajes
y el desierto los escondió.

Las viudas danzaban con una pluma
sobre la muda arena.
Eso hacían las viudas del desierto.
Hacían flores de papel
para llenar a los zapatos vacíos.
Una me entregó una mano de
un niño muerto
y al tomarla se convirtió
en una flor del viento.

They dress it in red.
They continue searching with
their hands like feathers,
with that feathered hand
that is alive with eyes.

The desert had preserved that body.
Many were the dead that
had rested in these places
and the desert concealed them.

The widows danced with a feather
on the silent sand.
That is what the desert widows did.
They made paper flowers
to fill the empty shoes.
One of them gave me the hand of
a dead child,
and as I took it, it changed
into a flower of the wind.

Hopis

Ellos seguían
las señales,
la luminosidad de una estrella,
la ebria textura de la arena
porque todo se decía sin palabras;
porque todo era una voz,
una plenitud de plumas.
El viento entre las estepas doradas,
el viento era como el aliento de Dios
entre los orígenes.

Hopis

They followed
the signs,
the luminosity of a star,
the intoxicated texture of sand,
because everything was said without words;
because everything was a voice,
an abundance of feathers.
The wind among the golden steppes,
was like the breath of God
among origins.

Jerome

para John

Como en un estado de
gracia
fuimos
a Jerome.
Nos gustaba el nombre,
ajeno a los otros.
Nos gustaba oír a los demás
decir Jerome
donde moran las ánimas
y las mujeres, como crisálidas,
danzan por la noche.

Llegamos
a Jerome
como quien llega a los lugares
inventados.
El viento era un volantín humedecido
murmurando tras las grietas
de lo que había sido,
y de pronto las mujeres
de la casa de la alegría
nos hacían señas.

Jerome

for John

As if in a state of
grace,
we went
to Jerome.
We liked the name,
different from others.
We liked hearing people
say Jerome,
where souls reside
and women, like nymphs,
dance at night.

We arrived
at Jerome
like those who arrive at
invented places.
The wind was a moistened kite
murmuring beyond the crevices
of what had been,
when suddenly the women
of the house of joy
signalled to us.

No sabíamos si eran vivas
o muertas
pero se parecían a todas las mujeres
que aguardan tras las ventanas
y hacen señas para alisar las soledades.
Vestidas de rojo
parecían ángeles dormidos
en la pasión del sexo imaginado.

Entramos.
Este es Jerome:
una ciudad de jardines muertos
y mujeres tras las ventanas.

Este pueblo
era como la poesía
porque aquí sucedían y no sucedían
tantas cosas,
y tu besaste mi oído
como el jazmín posándose sobre el viento.

Latía mi corazón
como bosque entre tus manos
y estábamos vivos
en Jerome.

We didn't know if they were alive
or dead
but they seemed like all women
who wait behind windows
and make signs that smooth out solitudes.
Dressed in red,
they seemed like sleeping angels
in the passion of imagined sex.

We entered.
This is Jerome:
a city of dead gardens
and women behind windows.

This town
was like poetry
because here so many things took place
that never happened,
and you kissed my ear
like jasmine resting on the wind.

My heart throbbed
like a forest between your hands
and we were alive
in Jerome.

Las mujeres de la casa de la alegría
se desvanecían entre
las luminosidades de las persianas.

Yo intenté evocar a los fantasmas
pero me encontré con tu mano
y tu aliento
y supe que era mejor
dejar a los muertos;
y tú y yo
éramos de esa zona donde moran
los vivos,
donde el viento es una flauta,
un silencio que promete
las palabras del amor.

The women of the house of joy
faded between
the luminosity of venetian blinds.

I tried to invoke the ghosts
but I encountered your hand
and your breath
and knew it was better
to let the dead rest;
you and I
were from the zone where
the living dwell,
where the wind is a flute,
a silence that promises
words of love.

Lluvia

I
La lluvia, sobre los intersticios
de la arena,
mar sin mar,
cielo sin cielo,
tapiz de enjambres,
inmóvil.

II
La lluvia, la invito
imaginada
de madrugada ilesa
a mi desierto.
Acepto la ofrenda,
gotas apasionadas
surcando las manos agradecidas.

III
Llueve en el desierto
y oigo aquel canto extraviado y liviano,
como una llovizna de pájaros inventados,
gratitud por estos campos soleados
de viajeras inciertas.

Rain

I
Rain, over the interstices
of sand,
sea without sea,
sky without sky,
tapestry
of a motionless swarm.

II
I invite the rain,
imagined
from an unscathed dawn,
to my desert.
I accept the gift,
those passionate raindrops
plowing my grateful hands.

III
It rains in the desert,
and I hear that light and misplaced melody,
like a drizzle of invented birds,
gratitude for these sunny fields
of uncertain travelers.

IV
Llueve en el desierto
y tú te hincas
con un gesto humilde.
Con la palabra más secreta y guardada
nombras
el agua,
el viento,
el aire tan nuestro.
Estás agredecida.

IV
It rains in the desert
and you kneel
with a humble gesture.
With the most secret and guarded word
you name
the water,
the wind,
the air that is so much ours.
You are grateful.

Poema

I
El desierto,
como un poema en voz baja
y a la vez sonora,
escrito en aquel silencio de luz
entre los musgos más
allá de las arenas.

II
Bajo mis pies
la vida quieta,
presencia asombrada
en los ojos de la arena
una palabra
clara.

Poem

I
The desert,
like a poem in a low
and sonorous voice,
written in that silence of light
by mosses
beyond sand.

II
Beneath my feet
tranquil life,
astonished presence
in the eyes of the sand
a clear
word.

Los idiomas

I

Nada había en aquella ciudad
de secretos
y alguien dijo
que así eran las
ciudades del desierto,
plasmadas
como los secretos de
las mujeres sin habla.

II

El habla era una voz
en el silencio más acuoso
diluido en el silencio del viento
y ella dijo que aprendería
el lenguaje del desierto
porque era el de las aves o
el de las sectas secretas del amor.

Languages

I

There was nothing in that city
of secrets
and someone said
that this was how the
cities of the desert were,
shaped
like the secrets of
women without speech.

II

Language was a voice
in the watery quiet
diluted by the wind's silence
and she said that she would learn
the desert's language
because it belonged to the birds or
to secret sects of love.

Mesa

Alguien silbó mi nombre más allá de las arenas.
Mis ojos resplandecían en
busca de la que me llamaba
y me fui descalza, liviana,
sin pertenencias
las hierbas ondulándose en la bruma.
Alguien me dijo que subiera a la mesa
de un desierto de los rezos,
para celebrar la llegada de los vivos
y los muertos.
Mi alma también se desplazó
por aquel horizonte
como follaje.

Mesa

Someone whistled my name beyond the sands.
My eyes glistened in
search of the woman who called me,
and I went barefoot, lightly,
without possessions,
the grasses undulating in the mist.
Someone told me to climb the mesa
of a prayer-filled desert
to celebrate the arrival of the living
and the dead.
My soul also spread
through that horizon
like foliage.

Sedona

I
Toda la noche en este desierto,
tu lengua
como una cascada de agua.
Desnudos somos arena
con sus espesuras inconclusas,
con su tiempo ocre y dorado.
Hemos llegado al desierto
en busca de un año de gracia,
en busca de la noche mareada y tibia.

II
Tú me besas como si yo fuera un monte
hueco de arenas hondas.
En este silencio de noche,
en este silencio de soles,
tú me nombras
y yo dibujo tu cuerpo
en una larga estela sobre las colinas del desierto.
La luz cae sobre tu boca,
ama y nombra
como arena
que fluye.

Sedona

I
All night in this desert,
your tongue
like a cascade of water.
Nude, we are like sand
with its inconclusive thickets
with its golden and ochre time.
We've arrived at the desert
searching for a year of grace
in search of a dizzy and mild night.

II
You kiss me as if I were a hollow
mountain of deep sand.
In this silence of night,
in this silence of suns,
you name me
and I sketch your body
like a long trail over the desert hills.
The light falls on your mouth,
it loves and names
like the sand
that flows.

El valle de la luna

En el desierto
las estrellas
eran peces encendidos
cercando la derramada
luz del cielo.

Desnudos, los muchachos
en la valle de la luna
buscaban a Dios entre las cerraduras
de la arena.
Centelleantes,
como en los orígenes.

The Valley of the Moon

In the desert
the stars
were burning fish
surrounding the scattered
light of the sky.

Naked, the young men
in the valley of the moon
searched for God among the cloisters
of sand.
Sparkling
as in the beginning.

Moisés

Moisés añoró el desierto
y sus pozas invisibles.
Buscó en las grietas de la arena
la magia y la sed.
Añoró el refugio para esa despiadada
soledad del pueblo más solo.
Fue en el desierto,
entre los colores invisibles,
que nacieron las generaciones más antiguas.

Moses

Moses yearned for the desert
with its invisible wells.
He looked for magic and thirst
in the fissures of the sand.
He sought refuge for that merciless
solitude of the loneliest race.
It was in the desert,
among invisible colors,
that the oldest generations were born.

San Pedro de Atacama

Aparecen guirnaldas vestidas color malva
como el color de la fe.
Es el color de los
cerros y sus sombras
aguileñas,
despiadadas,
ausentes.
En el cementerio
del desierto
el viento preside
sobre las tumbas:
aúlla, murmura y cobija,
el viento salino,
el viento desgarrado y veloz.

A lo lejos se escuchan
las flores de papel
crik crik.
Tac tac,
a lo lejos se escuchan
las campanas de hierro.

San Pedro de Atacama

Mauve colored garlands appear
like the color of faith.
It's the color of the
hills and their
aquiline,
merciless,
absent shadows.
In the desert
cemetery,
the wind presides
over the graves:
a saline wind,
howls, murmurs and shelters
the impudent and swift wind.

In the distance one hears
the paper flowers
crick crick.
Tac tac,
in the distance one hears
the iron bells.

Los muertos del desierto

A lo lejos está el desierto
en el páramo más salvaje
y los muertos que no pueden huir
porque aman su cementerio.
Llegan los vivos
y sus amuletos de mentira.
Festejan los amuletos,
las flores de metal,
el radiante escalofrío del sol
en las ciudades del desierto.
Los muertos felices
recuerdan a la vida.

A los lejos las flores de papel
parpadean como un círculo feroz
sobre las grietas de la tierra.

The Desert Dead

In the distance the desert lies
in the most savage plain
and the dead who cannot flee
because they love their cemetery.
The living arrive
with their amulets of lies.
They celebrate the amulets,
the metal flowers,
the radiant shivering of the sun
in the desert cities.
The happy dead
remember life.

In the distance, paper flowers
twinkle like a ferocious ring
over the cracks of the earth.

Donde anidan los pájaros

En aquel desierto
donde anidaban los pájaros
él conoció mi rostro.
Su mano se inclinaba sobre
la luz como una cruz
de santos de campo extraviado.
Habló de ángeles y amores,
de vientos y gorriones
para que no haya más ira,
para que no haya más
olvido.

Oyó esa voz delgada y aguda,
una voz semejante al origen
de todos los comienzos
y esa voz le dijo:
regresa al desierto
a tejer y destejer las arenas.

Where Birds Nest

In that desert
where birds nested
he came to know my face.
His hand leaned on
the light like a sacred
cross in a lost field.
He spoke of angels and loves,
of wind and sparrows
so that there would be no more anger,
no more
forgetting.

He heard that delicate and sharp voice,
a voice resembling the origin
of all beginnings
and that voice told him:
return to the desert
to weave and unweave the sands.

Oasis

Eran hondos los caminos.
Un tiempo se juntaba con otro tiempo
sin tiempo.
En el oasis alguien
cantaba canciones de amor.
Alguien vendía girasoles
entre las dunas.

Oasis

The roads were deep.
One time joined another time
without time.
In the oasis someone
sang songs of love.
Someone sold sunflowers
among the dunes.

Novia

Como una novia
desnuda
regresé al desierto
donde aún mi pueblo
imaginaba su propia memoria.

Y era lento mi caminar
muy feliz el gozo
para custodiar
el recuerdo.

Bride

Like a naked
bride
I returned to the desert
where my village still
imagined its own memory.

And my walk was slow,
happy the joy
of caring for
the memory.

El agua de la noche

El agua sobre la noche,
la noche sobre el agua.
Llueve en el desierto;
un vestido
de amor.

El agua sobre las llanuras
horizontes dorados.
Llueve y florece el desierto.

El agua sobre la noche,
la noche sobre el agua.

Night Rain

Water on the night,
night on the water.
It rains in the desert;
a garment
of love.

Water on the prairies,
golden horizons.
It rains and the desert flowers.

Water on the night,
night on the water.

Flores nocturnas

Cauta y sin ceremonias,
pone en evidencia sus recuerdos:
lutos antiguos,
ausencias de voces.
Riega las flores
nocturnas
del desierto
que se posan
en sus manos
para vigilar su tristeza.

Nocturnal Flowers

Cautious and without ceremony,
she reveals her memories:
ancient sorrows,
absence of voices.
She waters
the nocturnal flowers
of the desert
that alight
on her hands,
to guard her sadness.

Chimayó

Con sospecha mira
a las mujeres de la fe,
las ve llegar
y sonríe con el rictus encorvado.
Cada vez son más claras y profundas,
estas hechiceras de la fe.

Desnudas,
descalzas,
remotas y siempre cercanas,
rezando indescifrables
cantando de lo más hondo
del ahuecado corazón.
Llegan a
Chimayó
a poblarse de fe,
saben que es la tierra, un
manantial de dorados vestuarios y profecías.
En el sagrado acto
de inclinarse sobre la tierra
son mariposas
luminosas
sobre el tiempo sin tiempo de la fe.

Chimayo

She gazes suspiciously
at the women of faith,
she sees them arrive
and smiles a twisted grin.
Each time they are more clear and profound,
these sorceresses of faith.

Naked,
barefoot,
distant and always near,
chanting indecipherable prayers
singing the greatest depths
of their hollowed heart.
They arrive at
Chimayo
to fill themselves with faith,
knowing that the earth is a
spring of golden prophecies and garments.
In the sacred act
of reclining on the earth
they are luminous
butterflies
hovering over a timelessness of faith.

La sospechosa las mira.
Su cuerpo es un prado de ausencias
quejidos frágiles del abandono
tajos de la ausencia.
De pronto,
ella también se inclina
sobre la tierra de Chimayó
sin saberlo, reza,
su rezo es un murmullo
que no pide
ni pregunta,
tan sólo un murmullo
que acompaña a las
otras mujeres de la fe.

The suspicious woman gazes at them.
Her body is a meadow of absences,
fragile laments of abandonment,
slices of absence.
Suddenly,
she also bows
without knowing it
over Chimayo soil
and prays,
her prayer is a murmur
that won't ask
or question,
only a murmur
that accompanies the
other women of faith.

El Palacio de los Gobernadores, Santa Fe

En el palacio de los
gobernadores
donde la Historia
erró sus travesías
condenando la verdad sencilla,
ellos, los derrotados,
murmuran.
Tan sólo se reconocen
ante el doblegado dolor
de tiempos y tierras truncadas,
de una dignidad usurpada.

Los turistas cada vez más blancos
asustadizos ante el sol provocante
regatean por el precio de las turquesas
sangrantes
no cesan en sus exigencias.
Después de todo,
son los indios cochinos
los que venden sus mercancías.

Ellos, adormecidos
con el cuerpo llagado
se inclinan ante sus cestas de ángeles
pulen las piedras hablantes
errando la historia
regalan sus obsequios
sus secretos y sus manos como alas.

The Palaceof the Governors, Santa Fe

In the governors'
palace
where History
missed its crossroads
condemning simple truth,
they, the vanquished,
murmur.
They only recognize one another
before the redoubled sorrow
of truncated lands and times
of usurped dignity.

The tourists, each time whiter,
frightened before the provoking sun
haggle over the price of bleeding
turquoise
unceasing in their demands.
After all,
these are the filthy indians
selling their goods.

Drowsy,
with injured bodies
they lean on their angelic baskets,
polish the talking stones
lost in history
giving away their gifts,
their secrets and their hands like wings.

En el palacio de los gobernadores
cuando la tarde es un tajo violeta
los ex-dueños de esta América
se marchan a las aldeas pedregosas
en vehículos de mala muerte;
adormecidos ya no reconocen a la tierra
ni dónde están
ni el nombre oculto de su idioma.

Por la noche
queda el palacio de los gobernadores
aullando con los ángeles feroces,
con las calaveras remecidas por vientos malos
y el ruido de la noche
es un aullido extranjero
aquí en la ciudad de verano
donde los hombres blancos
duermen tranquilos
olvidando sus masacres.

In the governors' palace
when the afternoon is a slice of violet,
the former landlords of America
leave for their stony towns
in death-defying vehicles;
sleepy, they no longer recognize the land
or where they are
or the hidden names of their language.

During the night
the governors' palace is left behind
howling with ferocious angels,
with skeletons rocked by evil winds
and the noise of the evening
is a foreign cry
here in the summer city
where the white men
sleep peacefully
forgetting their massacres.

Truchas, Nuevo México

para Alvaro y Bárbara

Entre las vertientes
y la luz de fuego claro
entre las colinas malvas
y el majestuoso verano
íbamos celebrando
la fosforescencia de la luz,
las colinas imaginadas
y de pronto
en el más remoto azar,
llegamos. Estábamos
en Truchas,
aldea de peces
y sueños de chispas claras.

Nos gustó el nombre
que aleteaba en la felicidad
de nuestras manos.
Nos gustó la tierra
como una piel sabia;
y de pronto,
como en los cuentos de hadas
y fábulas de amor,
llegamos a una casa
con flores amenazadoras
de felicidad
con las voces del viento
y de mujeres soñando.

Truchas, New Mexico

for Alvaro and Barbara

Between the slopes
and clear fiery light,
between the mauve hills
and majestic summer
we went along, celebrating
the light's phosphorescence,
the imagined hills
and suddenly,
as if by chance,
we arrived. We were
in Truchas,
village of fish
and dreams of clear sparks.

We liked the name
that fluttered happily
in our hands.
We liked the earth
like a wise skin;
then, unexpectedly,
as in fairytales
and love stories,
we arrived at a house
with flowers threatening
happiness,
with voices of wind
and women dreaming.

Ahí estaban,
Alvaro y Bárbara,
pintando el cielo malva y rosado
de Truchas,
dibujando la casa amarilla de Margarita,
la primavera en los labios de Margarita,
y nos extendieron sus manos
como los brazos azules
del cielo.

Así eran los habitantes
de Truchas
sosteniendo el paraíso
aquí en la tierra.
Dulce era Truchas
como la brisa del jardín
o un abrazo
a plena luz del cielo.

There we found,
Alvaro and Barbara
painting the sky of Truchas
pink and mauve
sketching Margarita's yellow house
with spring on Margarita's lips,
their hands reached for us
like blue arms
from the sky.

This is how the inhabitants
of Truchas
sustain paradise
here on earth.
Truchas was sweet
like a garden breeze,
an embrace
under the sky's full light.

About the Author
Marjorie Agosín is a poet, writer, critic, and human rights activist. The descendant of European Jews who escaped the Holocaust and settled in Chile in 1939, she was born in Bethesda, Maryland, and raised in Santiago, Chile. She has been in exile from Chile since Pinochet rose to power as a dictator. She obtained her Ph.D. from Indiana University in 1982 and is a Professor of Spanish at Wellesley College. In 1990 she received the Jeanneta Rankin Award for Achievement in Human Rights. In 1995 she was awarded the Letra D'Oro Prize and the Latina Literature Prize. She was awarded the United Nations Leadership award on Human Rights in 1998.

About the Cover Artist
Liliana Wilson is a painter and graphic artist. Originally from Chile, she has lived in the United States since 1977. She has exhibited her work throughout the U.S. and in Italy. She lives now in San Francisco, California.

About the Press
Sherman Asher Publishing, an independent press established in 1994, is dedicated to changing the world one book at a time. We are committed to the power of truth and the craft of language expressed by publishing fine poetry, memoir, books on writing and other books we love. You can play a role. Bring the gift of poetry into your life and the lives of others. Attend readings, teach classes, work for literacy, support your local bookstore, and buy poetry.